Que brûlent les roses

© 2022, Salomé Frisch

Édition : BoD – Books on Demand, info@bod.fr

Impression : BoD – Books on Demand, In de Tarpen 42, Norderstedt (Allemagne)

Illustration : Midjourney, midjourney.com

Correctrice : Fanny Sichel

Impression à la demande

ISBN : 978-2-3224-6080-9

Dépôt légal : Octobre 2022

Tous droits de reproduction, d'adaptation et de traduction, intégrale ou partielle réservés pour tous pays. L'auteure est seule propriétaire des droits et responsable du contenu du livre.

Salomé Frisch

Que brûlent les roses

Théâtre contemporain

Salomé Frisch a 15 ans lorsqu'elle écrit *Que brûlent les roses* et 17 ans lorsqu'elle auto-publie la pièce de théâtre. Elle travaille avec des comédiens et un metteur en scène pour monter un spectacle en décembre 2022. Passionnée d'écriture depuis ses 9 ans, elle a remporté plusieurs concours (Prix Clara, prix Jacqueline de Romilly, prix de l'AFPEAH, etc.). Elle a aussi fondé en 2019 une association d'aide aux jeunes auteurs, les Murmures Littéraires. Plus largement, elle s'intéresse à la littérature collaborative et aux outils technologiques dans l'art. *Que brûlent les roses* a été publié une première fois par les éditions Je vous aime en 2021 à la suite d'un concours et a obtenu le soutien du Coup d'pouce culture de l'ICART.

En savoir plus sur l'autrice…

En savoir plus sur la pièce de théâtre…

Préface

Mai 2020, une amie m'a proposé un défi : écrire *La Belle et la Bête* du point de vue des méchantes sœurs. Je n'ai jamais vu le dessin animé de Disney et la version de Perrault ne me touchait pas. Mais en relisant l'histoire, j'ai perçu tout son potentiel tragique. Sous un autre angle, ce conte a tout d'une tragédie grecque : il en a la fibre nerveuse. C'est ce que j'ai voulu faire résonner. La révolte contre le destin, la question de la monstruosité et de l'humanité, l'issue fatale. Autant de thématiques vieilles de milliers d'années, mais qui nous touchent encore aujourd'hui.

J'aime plus que tout écrire des personnages ambigus, proches de la folie ou de la méchanceté (souvent l'un et l'autre d'ailleurs). L'égoïsme humain me fascine, parce qu'il s'agit d'une façon d'affirmer son individualité en s'opposant aux vouloirs de la société. J'apprécie ce glissement des personnages qui ne répondent jamais tout à fait à la norme, qui ne la comprennent pas.

J'ai souhaité faire vivre deux jeunes filles méchantes, égoïstes et jalouses. Malgré leurs défauts, elles n'en restent pas moins humaines. Et c'est ce que cette pièce de théâtre veut montrer.

À 15 ans, j'ai écrit *Que brûlent les roses*, c'était il y a bientôt trois ans. Depuis, le texte a été corrigé à plusieurs reprises, des passages ajoutés, d'autres supprimés. Le projet a fait son chemin : fin 2020, la pièce a obtenu le deuxième prix du concours des éditions Je Vous Aime et a été publiée dans leur recueil. Un an plus tard, une nouvelle opportunité m'est offerte : des comédien.ne.s et un metteur en scène se sont emparés du texte pour créer un spectacle fin 2022. Nous avons été lauréat.e.s de la première édition du Coup d'pouce culture d'ICART, qui va nous permettre de financer la création de la pièce. Je remercie Anthony Dresti, Océane Croce, Léon Abravanel, Juliette Waxweiler et Thaïs Laurent pour ce merveilleux travail en équipe qui donne chair à mes personnages.

Peut-être qu'aujourd'hui et demain, j'écrirais cette pièce différemment. Je me dis parfois que ce ne sont pas tout à fait les bons mots, les vrais mots... Mais peut-être qu'au contraire, une adolescente était la plus à même d'écrire ce texte. L'adolescence est un constant dialogue avec l'insatisfaction et la révolte : c'est l'essence même de mes deux héroïnes.

Personnages

IPHIS

ARYANNE

OPHÉE (Belle)

LE PÈRE

LA FÉE

LA ROSE

LE MIROIR

LA BAGUE

LE CHÂTEAU

L'ARBRE

LE PAPIER (Le Père)

LE SOURIRE (Ophée)

LES YEUX (Ophée)

LES YEUX (Iphis)

LES OREILLES (Ophée)

CŒUR MÉCHANT (Iphis)

CŒUR ENVIEUX (Aryanne)

LES STATUES (Iphis et Aryanne)

Acte I

Scène 1

IPHIS, LE MIROIR

Iphis se regarde dans le Miroir.

IPHIS — Je suis belle. Forcément. Des mains délicates et fraîches qui se meuvent gracieusement et un regard de lynx. Il y a aussi ce teint pâle, je peine tant à le conserver, ce teint qui brille sur ma peau.

LE MIROIR — Tu es hypnotisante.

IPHIS — Et pourtant, lorsqu'Ophée se tient à mes côtés, tu refuses de me projeter.

LE MIROIR — En présence de Belle, tu n'es plus. Il n'y a que son teint blanc translucide face au tien et ses traits légers. Tu disparais. Qu'importent toute la hargne et la jalousie que tu jettes par ton regard, qu'importent tes bijoux, je ne te vois pas. Elle porterait une robe de paysanne et elle étincellerait toujours plus que tes mille diamants.

Blessée, Iphis recule d'un pas. Elle camoufle son trouble derrière un ton dédaigneux.

IPHIS — Je déteste les paysans.

LE MIROIR — Tu détestes Ophée. Tu détestes le monde, il n'y a que ta jumelle Aryanne pour t'offrir un sourire. Deux cœurs méchants et envieux battent ensemble.

IPHIS — Je déteste les paysans parce qu'ils croulent de misère. Ces visages terreux, ces peaux rugueuses, cette crasse sur le corps, ces dents jaunâtres… Ils submergent le monde de boue quand on les voit. Je me noie en croisant leurs regards suppliants. Oui, le dégoût me renverse tellement ils sont laids.

LE MIROIR — Toi aussi tu es laide.

IPHIS, *elle le coupe comme si elle ne l'avait pas entendu* — Ils sont hideux. Ils nous rappellent à tous qu'on peut plonger dans leur détresse profonde ; on aurait pu naître à leur place ! Mais moi, je reposais dans un berceau saupoudré d'or. Je ne suis pas prête à abandonner mes trésors et qu'importe la ruine de mon père ; je préfère encore voir brûler un village. Un village de paysans.

LE MIROIR — Tu préfères aussi vendre ta sœur Ophée.

IPHIS — Beaucoup seraient prêts à payer de leur vie. Et moi, ne me veut-on pas ? C'est toujours Ophée. Ce prénom m'insupporte, tout en elle veut se distinguer ! Ces tonalités ne sont-elles pas plus délicates que les miennes ? C'est féérique, comme prénom. O... Ophée. Il s'envole. Alors qu'Iphis pourrit sur terre. Aryanne résonne aussi mal que moi, nous aimons nous en plaindre ensemble.

LE MIROIR — Mais Ophée, personne ne la prénomme ainsi.

IPHIS — Avec Aryanne, nous devons bien être les seules. Depuis toute petite, les autres l'appellent Belle. Et moi, ne le suis-je pas ? Je n'existe qu'aux yeux d'Aryanne. Notre Père n'en a que pour Ophée, mes frères travaillent. Mes prétendants me charment pour se rapprocher de ma cadette.

LE MIROIR — Ils aiment Ophée.

IPHIS — Ils ferment les yeux quand ils m'embrassent, ils ferment les yeux très fort. Je sais qu'ils voient Ophée à ma place. Je leur demande de me prendre dans leurs bras, ils me disent non, je leur dis « j'ai froid », eux aussi, alors ils s'en vont et j'ai froid seule. Parfois, ils ne reviennent pas. Oh, n'aurais-je pas pu, moi, m'appeler Belle ?

LE MIROIR — Tu n'aurais pas pu. Tu as un nez trop étiré, de l'acné constellée sur ta peau. Non, tu n'es pas Belle.

IPHIS, *elle crie et agite les bras* — Tais-toi, tais-toi ! Je vais te jeter à la cave, te briser en morceaux. Mais tais-toi ! Je suis belle. Tous devraient s'incliner devant moi. Je suis belle. Plus qu'Ophée, Aryanne me l'a dit !

LE MIROIR, *chuchotant* — Menteuse.

IPHIS, *furieuse* — Le monde mérite de partir en fumée. Et lorsque la fumée s'envolera, on verra ma véritable splendeur.

Iphis se détourne, le miroir disparaît. Elle prend une mèche de ses cheveux qu'elle essaie d'examiner. Elle observe ses doigts, puis passe en revue son corps.

IPHIS, *murmurant* — Si, je suis belle, forcément. Je vaux mieux qu'Ophée et ses fausses manières, qui tente de se distinguer. Tout en elle crie à la différence, n'est-ce pas hypocrite ? Et puis de toute façon, ceux qui la regardent ne valent rien. Le miroir ne vaut rien.

Iphis soupire.

IPHIS — Je ne devrais pas écouter les autres, ils coulent un flot de douces paroles sur Belle et ne m'en laissent pas une goutte. Je suis belle. Car après tout, si personne ne me complimente, qui d'autre que moi daignerait m'aimer ?

Scène 2

IPHIS, ARYANNE

Iphis et Aryanne traversent le jardin, leurs bras entrelacés. Iphis épie Ophée qu'on aperçoit à la fenêtre.

IPHIS, *dédaigneuse* — Elle lit.

ARYANNE — Eh bien, que trouve-t-elle aux mots ?

IPHIS — Qu'en sais-je ! Mais elle lit et se ferme au monde. Ophée n'en a que faire du monde ! Son visage délicat penché sur les pages, ses mèches soyeuses caressant les ouvrages, le regard éveillé, belle. Belle est belle. Ne la trouves-tu pas hautaine ?

ARYANNE — Oh non, Belle est si terne que je n'arrive pas à la regarder. Effacée. Que lui trouvent-ils donc tous ? Ses yeux doux m'ennuient, alors que les tiens brûlent d'émotion. Tu craches à tous ce que tu ressens, c'est qu'ils ne savent pas le percevoir s'ils ne comprennent pas ton feu.

IPHIS, *crachant* — Ils aiment qu'elle lise. Moi je ne lis pas. Moi je danse et je m'extasie devant les jardins, je m'enivre d'air matinal et je savoure la haine qui bat dans ma poitrine. Alors qu'elle reste assise.

ARYANNE — Je ne vois pas non plus ce qu'elle trouve aux livres. Ce ne sont que des formes noires sur une feuille blanche.

IPHIS — Je pense que c'est bon pour le teint. Comme elle s'enferme à l'intérieur, elle évite le soleil. Puis peut-être qu'elle n'aime pas les ombrelles. Peut-être qu'elle n'aime pas vivre, c'est pour ça qu'elle compresse son crâne d'histoires inventées.

ARYANNE — Elle refuse de vivre dans notre réalité, celle qui croupit de pauvreté dans cette sombre demeure. Moi, je préfère élever ma voix contre notre misère. Je hais ces murs, cette poussière qui prend à la gorge ; c'est normal qu'elle se taise si elle ne respire que l'air de ses romans.

IPHIS — Comme une fleur, elle existe pour donner jour à des illusions de beauté. Les pétales fanent dès la plante cueillie. Elle est une rose en terre, tout le monde l'observe, mais il faut la jeter sur notre Terre pour dévoiler sa véritable facette.

ARYANNE, *murmurant* — Je finis par croire que même fanée, on la préférera à nous.

IPHIS — Tu sais, les roses brûlent. Les feuilles aussi. Et ses livres s'enflammeront pour créer le plus grand incendie des histoires. Ce conte ne peut pas nous laisser indéfiniment à l'écart. Nous tiendrons le flambeau. Au détriment de Belle.

Aryanne, le regard perdu dans le vide, hoche la tête. Silence. Iphis s'assied. Puis Aryanne lève la tête.

ARYANNE — Et là, maintenant, que fait-elle ?

IPHIS, *dédaigneuse* — Elle prépare le repas et va puiser de l'eau. Elle ne vaut pas mieux qu'une bonne.

Scène 3

IPHIS, ARYANNE, OPHÉE, LE PÈRE

LE PÈRE — Les affaires reprennent. Un bateau amarré m'appelle, je reviendrai dans deux mois tout au plus. Vous me manquerez, serrez-vous contre moi !

Le Père écarte les bras et Belle est la première à s'y glisser. Les deux sœurs la rejoignent.

IPHIS, *excitée* — Père, vous qui partez en voyage, je veux que vous me rapportiez la ville !

ARYANNE — À votre retour, je ne resterai pas dans cette maisonnette sale, croulante de pauvreté. Je ne veux pas de ces murs effrités ni de leur petitesse oppressante. Nous retrouverons notre demeure en ville, je n'ai passé que trop de temps éloignée des bals. Oh, Père, apportez-moi des robes !

IPHIS — Père, je veux des bijoux. Les pierres brilleront d'un tel éclat qu'elles réinventeront les étoiles. Ça resplendira jusque dans mes yeux et j'exhalerai la vie.

Ramenez-moi la beauté de ce voyage et je ne vous en voudrai plus de nous fuir de la sorte !

ARYANNE — Elle serait belle, Iphis. Je serais belle. Nous serions Belle.

IPHIS, *soudain plus sombre, en aparté* — Oui, je veux des robes, de la soie, je veux des apparats et de la beauté. Alors vous porterez un bout de moi, Père. Vos entrailles appartiendront toujours à Belle, mais vous m'offrirez une robe ornée de pierres précieuses et ce seront sur elles que se posera votre regard, dans ce pays lointain. Ces présents vous accompagneront, parce que vous n'avez pas de place pour moi dans votre cœur. Donc oui, Père, je veux mille lourds bijoux, et peut-être que votre dos se fendra quand vous aurez à me les porter.

AYANNE — De la richesse ! De l'argent ! Des robes ! Des bijoux ! Je ne veux plus de ce tablier aux allures de mendiant.

IPHIS — Je hais les mendiants. Qu'on leur coupe la main ! Leurs mains sales contre moi et leurs visages terreux tordus par leurs supplices. Oh, non, qu'on laisse ces êtres loin de moi ! Mariez-moi plutôt que d'en devenir une. Vous reviendrez étincelant d'or pour couvrir ma dot. Et alors, j'épouserai le plus riche des princes. Il m'aimera, j'en suis sûre.

LE PÈRE — La dot sera couverte, je t'en fais la promesse. Mais toi, Belle... Une lueur triste brille dans tes iris, que voudrais-tu donc ?

OPHÉE — Père, mon sourire ne fleurirait pas avec les bijoux de mes sœurs. Ils leur vont mieux à elles, j'ai le teint trop pâle pour cet or blanc fondant à flots. Si vous souhaitez me ravir, je ne veux qu'une rose.

IPHIS, *à voix haute* — Belle cherche à se distinguer. Pourtant, les épines lui écorcheront les doigts.

Scène 4

IPHIS, ARYANNE, OPHÉE, LA ROSE

OPHÉE — N'est-ce pas notre père que je vois venir au loin ? Il a une rose entre les doigts. L'homme n'a plus fière allure et ses cernes descendent sur ses joues décharnées. Les rides coulent, coulent, coulent jusque sur ses mains tremblantes qui tiennent la bride. Quel est cet air triste vaguant dans son regard ? Les mois ont passé, il est là. Je l'ai attendu jour et nuit, entretenant la cheminée, préparant à souper ; c'est sa peine que j'accueille ! L'homme est encore loin, mais il porte son tombeau. Je le vois mieux maintenant…

Le Père s'approche et s'arrête devant ses filles. Il fixe Ophée.

ARYANNE — Et nos robes ? Vous qui tenez une rose, auriez-vous notre beauté ? Je veux ma beauté. Je veux une autre demeure s'élevant dans la ville.

LE PÈRE, *bégayant* — Je... Je viens vous dire adieu. À un jour, peut-être. Je m'en vais. Pour de bon... C'est cet être monstrueux qui me tuera, je n'ai que trois mois pour taire ma peur.

IPHIS — Oh, réchauffez-moi donc dans vos bras, et vous allez nous conter cette histoire ! La peur est l'amie de la colère. La colère nous aide à survivre. Soyez fort, Père, vous nous aviez promis nos robes et je ne veux pas que vous mouriez avant de nous les avoir portées ! Je vous aime beaucoup, je vous promets que nous battrons ensemble vos démons.

LE PÈRE — Iphis, je ne veux plus que tu mentes lorsque je ne serai plus là. Mes membres tremblants n'abattront pas ce monstre. Je vais vous conter mon histoire, écoutez cette voix qui ne tardera pas à disparaître... *(Il soupire)* Je revenais d'un port où les affaires m'avaient porté, défait. On m'arracha tous mes biens pour rembourser mes dettes. Je n'avais plus un centime, je m'en allai. Je me hâtais de rentrer pour revoir vos visages. Sans argent, je n'avais que mon amour à vous offrir et je ne voulais pas vous priver d'un père, aussi honteux et déshonoré fût-il. La forêt sombre m'étourdit. La nuit joua de mon chemin, et les bêtes grognaient, affamées.

LA ROSE — Et puis tu me pris.

LE PÈRE — Tais-toi, fleur ! Je termine mon récit... Le cœur lourd, je craignais que le froid ne laissât rien de ma vie. Soudain, clarté au milieu de la pénombre. Des flammes tranquilles traversaient les fenêtres d'un château.

LA ROSE — Tu me cueillis.

LE PÈRE — Je tenais à la vie, j'entrai dans le manoir. J'attendis mon hôte. Personne ne vint. Un festin et un lit. Je souffrais tant de la faim que je me servis. Quelle bonne fée avait préparé les mets ! Le lendemain matin, me réveillant, j'allai dans le jardin.

LA ROSE — Et là tu me vis.

LE PÈRE — Étincelante de rosée, elle resplendissait. J'ai pensé à toi, Belle. Un pâle éclat de ton visage délicat, mais c'était la plus digne de toi. Elle t'appartient.

Le Père tend la Rose à Ophée. Iphis regarde Belle qui examine la rose, silencieuse.

LA ROSE — Il m'a cueillie ! Voilà le péché. Il m'a arrachée à la terre, moi que la Bête chérissait ! Et puisqu'on m'a volée, la Bête veut une vie. Elle qui a pris soin de nourrir son invité et de le sauver de la nuit froide exige qu'on paie le seul crime qu'elle n'effacera pas. La Bête a donné trois mois à l'homme pour payer sa dette de sang.

Aryanne pousse un cri d'effroi. Belle baisse la tête.

IPHIS, *criant et pointant Belle du doigt* — C'est toi, Ophée, qui tues notre père ! Je ne veux plus voir tes doigts, avides de sang, réclamant la rose maudite. Tu nous dédaignes pour préférer les robes, mais ne vaut-il pas mieux dépenser de l'or plutôt que la vie d'un homme ? Oh, Ophée, je t'ai toujours haïe. Toi et tes manières, vous souhaitez vous distinguer de ma médiocrité. Depuis petite, l'intelligence suinte de ta langue et ta bonté transpire. Tu captures l'attention, mais tu es incapable de soutenir mon regard. Tu ne sais même plus cacher ta faiblesse. Mon égoïsme, je l'avoue au monde et aux dieux ! Mon égoïsme n'aura pas coûté la vie de notre père.

ARYANNE — Pauvre de cœur. Tu donnes aux misérables, mais tu ne vaux pas mieux qu'eux. Tu as livré Père à un monstre. Tu ne pleures même pas, tu poses un vague regard sur ta rose meurtrière.

Le Père ne bouge pas, il semble ne pas écouter.

OPHÉE — Vos paroles sont dures. J'aurais aimé partir avec un moins lourd fardeau. Mais je vous pardonne, vous qui êtes mes sœurs. Je ne verrai jamais les femmes que vous deviendrez.

LE PÈRE, *sursautant* — Comment ?

OPHÉE — Je pars. Je m'en vais offrir mon sang à la Bête. Je ne crains pas tout à fait la mort, je rejoindrai le calme. J'aurai un peu froid, promettez simplement de me recouvrir d'un manteau de terre : je ne veux pas être donnée aux corbeaux. Je souhaite que l'on pose cette rose sur ma tombe, pour qu'un brin de beauté rappelle mon existence.

Acte II

Scène 1

OPHÉE, ARYANNE

ARYANNE — Eh bien ?

IPHIS — Son cheval disparaît, Père l'accompagne.

Silence.

ARYANNE — Tu te tais. Je n'aime pas quand tu te tais. Pourtant, tu as encore cette colère qui cogne dans tes yeux ; quelle bête tente donc de les percer ?

IPHIS — Ça se bat dans mon cœur. Je croyais que l'incendie se calmerait… Est-ce que tu penses que lorsque Ophée mourra, tout ira mieux ? Deviendra-t-on belles ?

ARYANNE — Il y aura toujours ces visages terreux, se traînant devant nous, suppliant pour une pièce que seule l'inconsciente Ophée était prête à donner. Nos anciens prétendants se souviendront de notre cadette. Mais peut-être aura-t-on le regard de notre père ?

IPHIS, *nerveuse* — Je veux me marier. Je veux fuir à tout prix cette absence qui se ressent déjà. Je ne sais plus... Dois-je me réjouir de son départ ? Dois-je le pleurer ? *(Peinée, elle reprend après une courte pause)* D'autres en pleurent, les nouvelles vont vite. Est-ce que des hommes seraient prêts à pleurer mon départ si je m'en allais, moi aussi ? J'aimerais bien qu'on m'aime, juste un petit peu, une parcelle de tout le désir qu'ils déversent sur Ophée. Oui, je veux un mariage, un avenir. Deux hommes sont prêts à nous épouser, acceptons. Espérons qu'ils ne verront pas le cadavre de Belle au fond de notre regard. Espérons qu'on l'enterre au plus vite. L'adorable, la détestable, notre Ophée déchiquetée par les mains de la Bête.

ARYANNE — L'amour et la haine ont une frontière brouillée.

IPHIS — Oui, et tout disparaîtra lorsque Ophée ne sera plus. Ce sera bien, peut-être, le monstre l'aura. Lorsqu'elle pourrira sous terre, regarde-la dans les yeux. Ensuite, tu me regarderas et tu devras me répéter que je suis belle. N'est-ce pas que je suis plus belle qu'elle ?

ARYANNE — Bien plus.

IPHIS — Tu observeras ses lèvres pendantes et molles. N'ai-je point d'esprit ?

ARYANNE — Moins fade que le sien.

IPHIS — Oui, voilà, et tu continueras de me parler. À force, tu combleras le vide dans mon cœur. Peut-être qu'alors je sourirai. Il paraît que je serais moins laide, joyeuse.

ARYANNE — Tu es resplendissante.

Aryanne tend lentement la main vers Iphis pour lui toucher la joue.

IPHIS — Tu l'es aussi, Aryanne. Tu es sombre, mais il y a une tempête en toi. Je suis les éclairs, tu es le vent terrible qui suscite autant l'admiration que la crainte. C'est toi qui étreins les oiseaux, tu marches sur les hommes et tu vaincs les plus braves. Fière, tu craches ton souffle glacial pour régner sur les herbes battues. Oui, tu es le vent. Ton regard parle mieux que les mots, mais tu caches tes pensées. Parfois, tu es triste et tu laisses glisser tes plaintes sur cette terre misérable. D'autres fois, tu es plus féroce encore : le vide s'échappe de chacun de tes traits. Je t'aime, ma jumelle ouragan. Avec toi, ce n'est pas la pitié qui me regarde dans les yeux. Parce que tu le sais, au fond de toi. Tu es *aussi pire* que moi.

Scène 2

IPHIS, ARYANNE, LA BAGUE, LES YEUX, LE MIROIR

Aryanne et Iphis se rejoignent. Iphis empoigne le bras d'Aryanne.

IPHIS — Trop de temps. Trop de temps a passé et pourtant nous restons les mêmes. Nous pensions que tous nos problèmes disparaîtraient avec Ophée. Mais le monde s'est effacé, le sourire de notre père en tout cas, et nos frères s'épuisent au champ pour ne plus observer son absence. Au final, le miroir refuse de me changer.

LE MIROIR — Tu as une bague.

IPHIS — Même robe que le premier jour, Ophée l'avait ajustée pour moi. Elle propage son onde de tissu, écarlate. Mais mon doigt porte un rubis et c'est au cœur que je suis enchaînée.

ARYANNE — Je porte cette même robe bleue que le premier jour. Je me croyais belle. Mais à présent, un saphir pèse contre mon annulaire et je suis liée à un homme. Je n'en veux pas de cet homme.

LA BAGUE — Il est riche, pourtant.

ARYANNE — Il est riche.

LES YEUX — Il est beau, pourtant.

ARYANNE — Il est beau.

LE MIROIR — Mais il n'observe que moi. Il m'aime, je suis la seule chose qu'il aime.

ARYANNE — Accaparé par son reflet, il n'ose pas même me regarder. J'espère qu'il se tuera avant que mon propre visage ne s'effrite : les chaînes du mariage sont coûteuses au cœur. Tous les jours, la tempête attend, seule. Le vent gronde, personne ne l'entend. Mes lèvres molles ne connaissent plus les sourires.

IPHIS — Mais je suis là.

ARYANNE — Et la tempête revient dans toute sa splendeur, il faut que lumière et ombre se mêlent. Ta bague, ne rayonne-t-elle pas de rouge ?

IPHIS — Un rouge terne.

LA BAGUE — Je suis lourde.

ARYANNE — Ton homme est riche, pourtant.

IPHIS — Il est riche.

ARYANNE — On m'a bien des fois vanté son esprit. (Elle pointe du doigt les coulisses.) Observe-le parler au loin, ne brille-t-il point ? Ses lèvres s'écartent et un flot de paroles coule vers mon mari. Il sait allumer l'intérêt.

IPHIS — Certes.

ARYANNE — Ne brûle-t-il pas assez pour toi ?

IPHIS — Au contraire, il me noie ! Des paroles, sans cesse, et qu'en a-t-il à faire de ma voix perfide ? Je n'existe pas ! Il plaque ses lèvres contre les miennes, mais elles ont un goût de poussière. J'ai beau crier, il n'a point d'oreilles. Il tente sans cesse de me provoquer et il me saisit le poing lorsque je tente de le frapper. Oh, le misérable, j'attends qu'il meure si je ne le tue pas de ma main !

Elles finissent dans les bras l'une de l'autre. Aryanne semble bercer Iphis.

Scène 3

IPHIS, ARYANNE, LE PAPIER

LE PAPIER — Il faut venir.

IPHIS — Où donc ? Ton écriture est trop brouillonne. Quelle maison accueillera ma fuite et me sauvera de mon mari ? Lis-toi plus vite, idiot, ou je te jette au feu ! Est-ce un amant caché ? Un château en quête de propriétaire ? Un trésor rêvant d'être dépensé ? Où s'embrouillent mes rêves ?

LE PAPIER — Votre père.

IPHIS — Père ? Est-ce bien son écriture tremblante ? Oh, cet être miséreux m'ayant donné naissance me supplie pour que je rampe dans sa chambre insalubre ? Pourtant, je l'aime cet être et je traverserai la pénombre. Qu'a-t-il ? Que se passe-t-il ? Pourquoi te tais-tu, misérable feuille, je te rendrai poussière ! Réponds ! Réponds ! Tu es trop vide ! Je hais les feuilles vides.

LE PAPIER — Il faut venir.

IPHIS — Eh bien, je viens, tais-toi maintenant ! Quitte mon regard ! Tu fais trembler mon cœur. Très bien, je m'en vais. Fuis tant que tu peux, ou je t'abandonnerai sur ma route.

LE PAPIER — Il faut venir !

Iphis déchire la feuille, le silence retombe. Elle marche, regardant droit devant elle. Les arbres s'agitent à son passage, meuvent leurs bras de branches, elle ne répond pas. Et puis soudain, la nuit tombe et un teint bleuté recouvre l'arrière-plan. Une silhouette s'avance. On aperçoit l'ombre d'une maison.

ARYANNE — Iphis…

IPHIS — Aryanne.

ARYANNE — Le temps est traître. J'avais fini par oublier ton visage. Je le croyais moins sombre.

IPHIS — C'est la nuit, Aryanne, qui peint son teint sur mes traits. Mais je suis toujours la plus belle, n'est-ce pas ?

ARYANNE — Je ne te vois pas.

IPHIS — Je suis belle ?

ARYANNE — Oui.

IPHIS, *en fermant ses paupières* — Très bien, je suis belle. Il n'est pas encore trop tard. Je suis belle. C'est pour ça que notre père nous a fait venir ?

ARYANNE — Il dépérit. Tous les jours, de nouvelles rides coulent de son front et son teint grisâtre défie celui des cadavres. Il ne mange plus, ses os collent à sa peau et se brisent dès qu'il se lève. C'est une poupée, Père, une poupée de verre d'un autre temps.

IPHIS — Il est malade ? Oh, pourquoi ne m'a-t-on pas appelée avant ! Je refuse de le voir périr, c'est lui qui me nourrissait le soir. C'est lui qui pleurait lorsqu'il se rappelait notre mère. C'est lui qui m'a appris à marcher et qui m'a dit qu'il fallait sourire. Non, il ne mourra pas. Je le soignerai, je resterai auprès de lui.

ARYANNE — Il dépérit sans Ophée. Il pense qu'il aurait lui-même dû succomber, lorsqu'il a porté sa Belle au château. Et alors il succombe.

IPHIS, *criant* — Il ne pleure que son départ ! Il la laisse le tuer, elle est née pour le mal ; Père s'arrache plutôt que de rester avec nous ! Ne me regardera-t-on jamais ? *(Elle s'adoucit)* Vient-on pour qu'il observe le visage de ses deux filles, en souvenir de sa cadette ?

ARYANNE — De ses trois filles.

IPHIS, *criant* — Comment ?

ARYANNE — Ophée.

IPHIS — Eh bien ?

ARYANNE — La Bête l'a laissée vivre, elle est revenue soigner notre père.

IPHIS — Oh la cruelle Bête ! Monstre au cœur d'agneau, ne nous a-t-il pas pris en pitié ? Notre histoire n'est qu'Ophée, n'existera-t-on jamais sans Ophée ? Je veux me marier à un prince et avoir beaucoup d'enfants !

ARYANNE — Elle est si… Ophée, il faut la détester pour changer la justice. Je ne supporte pas de voir la perfection récompensée.

Iphis plisse les yeux et baisse la tête, ses bras retombent.

IPHIS — Je ne suis plus belle n'est-ce pas ?

Scène 4

IPHIS, ARYANNE, LE SOURIRE, LES YEUX, LES OREILLES

LE SOURIRE, *en éclairant les lèvres d'Ophée* — Belle est heureuse.

ARYANNE — Chut.

IPHIS — Traître !

LE SOURIRE — Belle resplendit.

ARYANNE — Je tuerai les sourires.

IPHIS — On dirait des étoiles. Je déteste les étoiles. Il faut les tuer, les étoiles.

ARYANNE — Et les sourires.

LE SOURIRE — Ne me tuez pas, ne me tuez pas ! Je vais vous raconter mon histoire, peut-être que je réussirai à contaminer vos lèvres ? Si je contamine vos lèvres, vous me laisserez la vie sauve ?

ARYANNE — Non.

LE SOURIRE — De toute façon je vais vous la raconter. C'est celle de Belle, ma maîtresse.

IPHIS — Je veux l'histoire d'une femme forte, d'une femme sombre qui croule de défauts et de folie. Elle brûle les yeux de tous ceux qui la regardent, c'est pour ça que personne ne l'approche. Je veux que tu me racontes à quel point elle est belle. Je ne veux pas d'Ophée.

LE SOURIRE — Je vais vous raconter l'histoire d'un monstre.

IPHIS — Le monstre a-t-il de l'esprit ?

LE SOURIRE, hésite — Le monstre n'a pas d'esprit.

ARYANNE — Bien. Nous voulons l'histoire d'une bête cruelle.

LE SOURIRE — Une Bête au cœur d'or.

IPHIS — Comment ? Traître de sourire ! Être laid et tordu ! Tu mérites de mourir !

LE SOURIRE — Attends, attends ! Les histoires ne doivent pas périr. Je raconte, et vous déciderez ensuite ce qu'il adviendra.

IPHIS — Soit.

LE SOURIRE — *(Le sourire inspire et se redresse)* Ma maîtresse se sacrifiait pour votre père tout en cachant sa peur. Après vous avoir quittées, elle arriva au lieu maudit et camarades Yeux fixèrent le château. Ils étaient un peu tristes, ils promenaient un regard vague sur les vitraux colorés. Pourtant, arides, ils refusaient de libérer leur rivière de larmes. Moi, je les aime bien les larmes, elles ont un goût salé.

ARYANNE — Et ?

LE SOURIRE — Et puis Père est parti, après une nuit aux côtés d'Ophée. Comme Père est parti, je me suis effacé. Belle n'aime pas m'abandonner, mais c'est ainsi, elle ne pouvait me garder alors que la crainte lui mangeait le cœur.

LES YEUX — Nous sommes les deux seuls témoins de cette journée, Sourire ne pourra pas vous en dire plus. Nous avons observé les magnifiques bibliothèques et avons dévoré les livres laissés là, euphoriques. Il fallait en goûter des histoires, manger les lettres, engloutir des existences différentes pour qu'on oublie notre mort prochaine. Nous craignions la fin de la journée, la Bête paraîtrait alors.

ARYANNE — C'est l'histoire d'Ophée que vous nous contez là.

IPHIS — Je ne veux pas d'Ophée, je veux du monstre.

LES YEUX — La nuit tomba, Belle soupa. Et puis, alors que neuf heures s'affichaient, la Bête apparut. Une fourrure brune recouvrait son corps et ses doigts velus tapotaient nerveusement la table. Deux compères rouges nous fixaient, nous nous baissâmes. Nous craignions pour notre maîtresse. Mais non, aucune arme, la main puissante du monstre reposait inerte devant lui.

LES OREILLES — Et il parla. Sa voix grave nous effraya, mais Belle resta droite et digne. Il dit que nous n'avions rien à craindre, que nous étions les maîtres du château à présent. Ces bibliothèques, ces mets magnifiques, ces robes rares, tout ; ces boucles d'oreilles. Ophée, bercée par la solitude, découvrait la vie. Elle explorait les couloirs. Les soirs, nous dînions ensemble et la Bête demandait la main de la Belle. Nous transmettions le message, bien-sûr, nous autres oreilles sommes encore fidèles. Mais c'est Ophée qui faisait sourde oreille et refusait. Effrayée à l'idée de décevoir son hôte, elle s'appliquait à prononcer un « non » délicat, du bout des lèvres. (Les oreilles font une pause, puis reprennent d'un ton plus sombre.) Il y a quelque temps, Ophée apprit que notre père était malade. Pour huit jours, la Bête a laissé Ophée courir à son chevet. Dans huit jours, si elle ne revient pas, le monstre se laissera mourir de chagrin. Mais Belle refuse de décevoir son hôte.

LE SOURIRE — Cette histoire a un point ! À présent souriez, souriez, réjouissez-vous du bonheur de votre sœur qui aurait pu périr !

IPHIS — Qui aurait dû périr.

Scène 5
OPHÉE

La scène est noire. Ophée se tient au centre, de profil, les bras ballants, elle semble un peu perdue. Devant elle, le miroir est appuyé contre une chaise. À côté d'elle, une rose est dans un vase, sur une table basse. Il s'agit d'objets inertes. Ophée s'approche lentement du miroir, elle se met à genoux pour être à sa hauteur.

OPHÉE, au miroir — C'est bien moi, que tu reflètes ? Tu ne déformes pas mes traits ? *(Pause, le miroir ne répond pas. Elle s'examine.)* Comme il fait sombre ! Peut-être que toute cette nuit transforme mon visage. Cela se pourrait très bien. La lumière s'est réfugiée dans mes cheveux pour faire d'eux des marées de soleil, l'ombre s'est efforcée de creuser mon visage : mon corps est une sculpture de la nuit. *(Pause, elle se penche vers le miroir)* Je ne suis pas là. Tu es étrange avec ta peau en reflets, on croit se reconnaître, mais ce n'est jamais tout à fait nous. Tu ne m'as jamais permis de me voir. Peut-être que tu t'efforces de cacher ma véritable apparence alors que tu révèles aux autres que je suis une fille hideuse et sans grâce... ? Enfin non, je ne crois pas, les autres disent que je suis Belle. Est-ce que je suis belle ? *(Elle sourit et s'exprime d'une voix naïve.)* Elle est jolie, cette robe. C'est la Bête qui me l'a donnée. Elle est jolie cette personne devant moi. Je veux bien être elle. C'est moi ?

Ophée attend un long moment en silence. Elle se relève et marche vers la rose.

Acte III

Scène 1

IPHIS, ARYANNE

IPHIS — Il faut qu'Ophée meure. Elle ne doit pas y échapper. Pourquoi la bonté peut-elle fuir le destin ? Rien ne peut fuir le destin. Il faut que nous nous mariions à un prince et que nous ayons beaucoup d'enfants.

ARYANNE — Tu veux la tuer et tu sais comment faire…

IPHIS — La retenir. De désespoir, la Bête la poignardera avant de mettre fin à ses jours. Le monstre voudra l'emporter dans sa tombe pour reposer aux côtés de son aimée. Il enfoncera un couteau dans sa poitrine. Elle aura froid ; nous serons vengées.

ARYANNE — Oui, la retenir. Il faut l'assommer de belles paroles, l'étourdir et l'entraîner dans un tourbillon d'euphorie. Alors, elle ne voudra plus nous fuir.

IPHIS — Aryanne, apprends-moi à complimenter !

ARYANNE, *en prenant un air théâtral* — Ta vie est une danse et marcher te rend reine. Tu respires la grâce. Il y a ce vide lorsque tu t'éloignes et le cœur papillonne comme tu captures notre regard. Tu voles, tu planes au-dessus de nous tous, tes doigts aériens caressent l'air. On dirait un oiseau.

Iphis ferme les yeux, l'air rêveur.

IPHIS — Encore !

ARYANNE, *en secouant la tête* — Non, c'est tout. Noie-la de mots. De tout ce que tu aurais aimé entendre. Imagine qu'elle est toi, ne vois que ton propre reflet dans ses yeux de biche.

Les yeux mi-clos, Iphis écarte les bras vers le ciel et un sourire frôle ses lèvres. Fiévreuse, elle parle en un souffle.

IPHIS — Tu es méchante, Ophée, tu es fascinante. La colère brûle dans tes yeux et lâche son éclat doré sur ton âme indécise. Le bien et le mal se battent, se mêlent, crachent cette étrange morale dénuée de sens qui dicte tes gestes. Tu mens si bien que ta voix est un délice et réinvente une réalité ennuyeuse. Oh, je t'aime Ophée, personne ne t'aimera jamais comme je t'aime. Laisse-moi t'observer, Ophée, ce sont tes imperfections qui te rendent belle. Il y a un incendie dans ton cœur et la fumée exhale ta beauté.

Scène 2

IPHIS, ARYANNE, LA FÉE

IPHIS — Chut, Aryanne. Aryanne, j'ai peur. La fée veut nous retrouver.

ARYANNE, *en pleurant* — Elle va nous entendre. Elles nous entendent toujours, les fées. On tremble de haine ; ça s'entend, le mal.

IPHIS, *les yeux écarquillés* — Serre-moi dans tes bras. On aura notre prince. On aura des enfants et on sera belles, je te le promets. Serre-moi dans tes bras et ne pense pas à la fée.

ARYANNE — Pourquoi ça arrive toujours aux méchants ? Pourquoi Ophée ne veut-elle pas mourir ? On aurait pu s'en sortir, tu sais ; mais le monde ne daigne pas accepter notre éclat tempétueux…

IPHIS, *en murmurant* — On y était. On avait noyé Ophée de belles paroles. Je l'avais touchée, je l'avais poignardée de compliments, j'avais tué sa méfiance. Ça brillait dans ses yeux, la reconnaissance. Elle pensait peut-être qu'on avait changé. Enivrée de bonheur, elle oubliait le temps.

Durant dix jours. Ses sourires resplendissaient, la voir épanouie me tuait, mais je continuais à déverser mes mots doux. Ironie du sort, notre gentillesse lui coûterait peut-être la vie !

ARYANNE — Le charme retomba – on ment si mal ? Ophée se rappela sa promesse brisée, elle avait tardé deux jours de trop et craignait à présent que la Bête ne se tuât. Se précipitant vers le château, elle nous laissa là, une fois de plus vaincues par sa bonne conscience. Nous priâmes ensemble le diable.

IPHIS, *fiévreuse* — La fée a parlé de bonté. Qu'elle soit maudite, la bonté. Qu'on l'incendie.

ARYANNE — Soudain, nous nous trouvâmes face au château, Père à nos côtés. Quelle affreuse magie nous a précipitées à notre perte ! Aux côtés des murs finement sculptés et des jardins imposants, nous vîmes Ophée resplendissante aux bras d'un prince.

IPHIS — Elle nous a volé notre fin heureuse ! N'est-ce pas là un péché ?

ARYANNE — Le prince se dirigea vers notre Père. La Bête était un prince. Le bon sort nous a dupées. Une magie l'avait enfermé dans le corps d'un monstre, mais l'amour de notre sœur a brisé sa malédiction. Ils se marieront et auront beaucoup d'enfants.

IPHIS — Qu'elle est dupe, Ophée, de libérer un monstre !

ARYANNE — *(ses sanglots reprennent)* Et puis la fée vient pour nous à présent.

IPHIS, *tremblante* — Ne me parle pas de la fée.

ARYANNE — Elle veut nous changer en statue. Oh, Iphis, je t'en supplie, tu peux me mentir mais rassure-moi…

IPHIS — Je ne veux pas de cœur de pierre, moi ! Je veux un cœur qui frémit. J'aurais froid dans toute cette roche… Qu'un incendie me libère de ce sort !

Une silhouette approche, Aryanne et Iphis se serrent dans les bras. Plaquées contre le mur, elles tremblent. La fée apparaît.

LA FÉE — Personne n'échappe au Destin. Jusqu'au repentir, vous serez deux statues.

IPHIS, *levant la tête* — Les cœurs de pierre résonnent.

ARYANNE — *(sa voix tremble)* Les cœurs de pierre raisonnent.

Scène 3

OPHÉE

Ophée entre, en robe de mariée. Elle tient un bouquet de roses contre elle et elle marche droit vers le public. Elle semble anxieuse.

OPHÉE — Il m'aime. C'est une drôle d'idée, d'aimer à ce point. Avec tout son cœur, tout son corps. Une bête m'aimait et maintenant un prince m'aime. Je le vois bien quand il me contemple. Quand il me serre contre lui. Quand il pleure et quand il rit : il m'aime. Il mourait pour moi, il s'en allait dans son chagrin, je l'ai pris par la main et j'ai dit « reste, oui » j'ai dit « oui » et j'ai enfilé une nouvelle robe un peu plus blanche que d'habitude. Je ne sais plus très bien qui il est : j'avais accepté d'épouser un monstre et c'est une main d'homme qui se pose sur ma joue *(Elle pose sa main sur sa joue. Elle continue à parler, vaguement triste.).* Elle est douce, cette main étrangère. C'est un contact chaud et je ne reconnais pas son odeur. Je devrai la sentir beaucoup avant de m'y habituer. Je devrai m'entraîner à sourire. Apprendre à l'attendre. La laisser me découvrir alors que je ne me connais pas. La laisser toucher ce que je ne suis pas. Aimer ma peau. Mais il m'aime, moi ?

La scène s'obscurcit.

Scène 4

CŒUR MÉCHANT, CŒUR ENVIEUX

La scène est noire.

CŒUR MÉCHANT — Je n'aime pas le silence.

CŒUR ENVIEUX — La Belle et la Bête s'embrassent, les mots n'ont pas le temps de franchir leurs lèvres.

CŒUR MÉCHANT — Je voudrais qu'ils s'étouffent. Qu'ils ne trouvent plus d'air.

CŒUR ENVIEUX — Ils le puiseront dans la bouche de l'autre.

CŒUR MÉCHANT — Tais-toi ! Oh non, parle en fait, je n'en peux plus de ce calme tentaculaire. Parle, mais pas de Belle !

CŒUR ENVIEUX — Tu sais, tout pourrait se terminer. On pourrait sortir de cette cage de pierre…

CŒUR MÉCHANT, *tremblant* — Je refuse. Comprends-moi, je refuse de renoncer à moi-même. Je ne veux pas me découvrir en une autre, plus sage, plus fade… Je refuse de me renier !

CŒUR ENVIEUX — Belle n'est pas gentille, pourtant elle s'enivre de bonheur. Reine, elle couve le château de son regard gracieux. Elle donne aux miséreux et ne nous jette pas un regard ; nous sommes plus démunies que les mendiants.

CŒUR MÉCHANT — Belle est comme moi, finalement. Elle mériterait d'orner avec nous le seuil de son palais. Oui, elle a entendu nos cris et maintenant notre silence. Elle nous ignore, comblée du bonheur qui fait notre ruine.

CŒUR ENVIEUX — Je ne veux pas m'effriter !

CŒUR MÉCHANT — Je veux brûler.

CŒUR ENVIEUX — Je veux devenir cendre et non poussière.

CŒUR MÉCHANT — Maudissons ce monde. Maudissons-le tellement fort qu'il éclatera de lui-même. Prions pour qu'il ne reste rien de la fée cruelle, qu'elle disparaisse, oui, qu'elle meure et qu'elle soit dévorée par les vers !

CŒUR ENVIEUX — Chut ! L'éternité te semble trop courte ?

CŒUR MÉCHANT — Nous nous sauverons, je brûle d'espoir.

CŒUR ENVIEUX — Non, tu es froide, tu es de pierre.

Noir.

Scène 5

LES STATUES, LE CHÂTEAU, LE MIROIR, L'ARBRE, LE MIROIR, LA ROSE

Deux statues effritées tiennent encore devant un château abandonné. La nature a repris ses droits, le lierre perce les vitres et un arbre grandit dans le hall.

LE CHÂTEAU — Il était une fois.

LES STATUES — Il était une fois deux filles perfides qui se marièrent à un prince et eurent beaucoup d'enfants.

LE CHÂTEAU — Non, il était une fois une rose.

LA ROSE — Il était une fois un château perdu dans la forêt.

L'ARBRE — Il était une fois un riche marchand. Le marchand avait trois filles.

LES STATUES — Deux demoiselles magnifiques et une fille terne.

LA ROSE — Une fille prénommée Belle et deux enfants jalouses.

LE MIROIR — Belle était belle.

LE CHÂTEAU — Belle reçut une rose. Belle délivra le prince d'un corps de Bête. Ils se marièrent et plantèrent beaucoup de rosiers.

LES STATUES, *en criant* — Au diable les roses ! Fanées, les hypocrites, à déraciner et à enterrer. Qu'elles brûlent !

Remerciements

Un temps, j'ai cru que l'écriture était une activité solitaire où l'auteur devait se renfermer sur soi-même pour trouver sa créativité intrinsèque. J'ai très vite compris que je m'étais trompée. Cette vision est obsolète : elle renvoie peut-être aux poètes maudits du XIXe siècle, mais elle ne correspond pas aux générations d'aujourd'hui. Je souhaite remercier toutes celles et ceux qui m'ont fait comprendre ce que la littérature collaborative signifie. Ils ont eu un impact considérable sur qui je suis et comment j'écris aujourd'hui.

Merci à Cecily, à Scarlett et à Thalita de m'encourager dans tous mes projets et d'être toujours là pour moi. Merci aussi à toutes les autres personnes qui contribuent à construire cet environnement de créativité collective, d'énergie commune et d'amitiés très riches, et tout particulièremnet à Amandine, Valentine, Thrav, Shesha et Dae.

Merci à Tosca d'avoir partagé son expérience d'auto-publication et de m'avoir encouragée à tenter l'aventure. Merci pour sa présence au quotidien, son énergie.

Merci à Eien de m'avoir poussée à m'intéresser à un conte qui ne m'avait pas attirée au premier abord mais qui finalement a résonné avec des émotions que je voulais explorer. Merci pour ses projets sérieux et motivants, pour sa présence, pour son point de vue toujours enrichissant.

Merci à Fanny pour sa correction sérieuse et approfondie du texte.

Merci à Papa, Maman et Colin, toujours présents pour m'encourager dans mes projets un peu irréalistes. Merci pour leurs conseils, merci de croire en moi. Sans leur aide, je n'en serais pas là.

Merci à Maïvie de me suivre dans tous mes textes et pour ses conseils avisés.

Merci à Sarah de m'avoir rassurée sur ce texte. C'est grâce à elle que j'ai commencé à écrire, et grâce à elle que je découvre, encore aujourd'hui, ce qu'écrire signifie. Merci à elle pour ses analyses toujours éclairantes de mes écrits.

Merci à Juliette, Anthony, Thaïs, Océane, Léon, Heltrym et Rosa de donner chair à mes personnages. C'est une opportunité incroyable de voir des comédiens et un metteur en scène s'emparer du texte et je suis tellement heureuse d'avoir rencontré cette équipe, pleine de créativité.

Merci à Yumi d'avoir parlé du Coup d'Pouce Culture de l'ICART et de m'avoir poussée à croire que la transformation d'un texte en un spectacle était possible. Merci pour ses encouragements et son énergie.

Merci aux éditions Je Vous Aime et à l'ICART d'avoir eu confiance en mon projet, de m'avoir aidée à le porter. Merci tout particulièrement à Balthazar, à Rosa et à Margot.

Ce livre a été imprimé en Allemagne